DIALOGVE
DV
CARDINAL
DE
RICHELIV.

VOVLANT ENTRER EN PARADIS.

ET SA DESCENTE
AVX ENFERS.

TRAGI-COMEDIE.

A PARIS,

M. DC. XLIII.

ACTEVRS DV PARADIS.

Monsieur de Marillac.
Monsieur de Mont-morency.
Monsieur le Comte de Soyssons.
La Reyne Mere.   actrice.
Monsieur le Grand.
Monsieur de Thou.
Le Cardinal respond a chacun.

ACTEVRS DES ENFERS.

Charon.   Nautonnier d'Enfer,
Pluthon.
Cornueil.
Le Pere Ioseph.
Le Premier President.
Monsieur de Bouillon.

DIALOGVE
DV CARDINAL DE RICHELIEV.

ACTE. I.
SCENE PREMIERE.

Monsieur de Marillac. & le Cardinal.

Monsieur de Marillac.

TE voyla Cardinal, que dit on dans le monde?
Que cherche tu icy ton ame est vagabonde,
Ne veux-tu pas entrer dedans le Riche-lieu?
Ne veux-tu point aussi regner auecque Dieu?
Va-t'en dedans l'abisme, establir ton Empire,
Le Roy de ces bas-lieux, sçait que tu y aspire.
Que tous ces Courtisans qui son auec luy,
Esmeu de ton malheur touché de ton ennuy,
Partageront peut estre auec toy sa Couronne,
Tu m'as trahy cruel, aussi ie t'abandonne.

Le Cardinal.

Helas! ce n'est pas moy
Vous sçauez que s'estoit, la volonté du Roy.

Monsieur de Marillac.

Qui m'a faict mon proces? des gens à vostre poste,
Qui m'a fait tant trotter & tant courir la poste,
Pourquoy ma-t'on mené par tous les Parlements.
C'est qu'en estoit certain de mes deportements,
C'est que les Magistrats voyant mon innocence
N'osoient me condamner.

Le Cardinal.

Pardonnez cette offence,
Qui vous a fait monter auec les bien-heureux,
D'où vous me reiettez.

Monsieur de Marillac.

Ministre malheureux,
Auois-tu ce dessein m'enuoyant à la Greve,
Retire-toy d'icy.

Le Cardinal.

Encore vn peu de trefue.

Monsieur de Marillac.

Tu n'en merite pas excrement des Enfers,
Tu en estois sorty, retourne dans leurs fers,
Va-y donc pour souffrir des tourmens & des gesnes.
Et pour te voir ployé soubs de pezantes chaisnes.

SCENE. II.

Le Cardinal & Monsieur de Mont-morency.

Monsieur de Mont-morency.

Monstre de la nature, horreur de l'vniuers,
Dont le corps infecté sert de pasture aux vers,
Ministre de Pluton, tyran abominable,
Ne croys tu pas qu'il soit tres-iuste & raisonnable,
De reietter ton ame du rang des bien-heureux,
Ta place est aux enfers & ton cul tout chancreux,
Sentira la chaleur des flammes eternelles,
Qui bruslent à iamais les ames criminelles,
La hache d'un bourreau sur des sanglans autels.
A fait monter mon ame auec les immortels
Et appaisé l'excés de la cruelle enuie,
(Mais que dis je appaiser) c'estoit peu que ma vie,
Ce n'estoit pas assez de m'auoir mis à mort,
Il falloit que plusieurs la souffrissent à tort.

Le Cardinal.

Ayez pitié de moy, receuez, ma pauure ame.

Monsieur de Mont-morency.

N'espere rien icy que reproche & que blasme,
Si tu estois entré tu nous mettrois dehors,
Au moins si nous n'estions & plus fins & plus forts,
Tu veux auoir par tout vne plaine puissance
Ie ne sçay si les Saincts seroient en asseurance,
Et tu voudrois auoir le plus Eminent rang,
Et voudrois dans le Ciel faire nager le sang.

SCENE III.

Le Cardinal & M. le Comte de Soissons.

Monsieur le Comte de Soissons.

Est-ce toy Cardinal que ton visage est blesme,
Est-ce là ta Couleur

Le Cardinal.

    Ouy Monsieur, c'est moy mesme
Qui n'ayant peu flechir personne dans ces lieux,
Quoy que vostre boureau me presente à vos yeux,
Vous Monsieur qui auez vne ame genereuse.
Ayez quelque pitié de cette malheureuse.

Monsieur le Comte.

M'ose tu bien prier d'auoir pitié de toy,
Impudent, inhumain, qui as vescu sans loy,
Tu faisois vanité de trahyr tout le monde,
Et ta meschanceté n'eust iamais de seconde
Pour regner seurement, pour faire des thresors,
Pour te faire valoir tu causois mille maux,
Que la France à iamais en versera des larmes,
Tu as esmeu l'Europe à desrouiller leurs armes,
Et respandre le sang de beaucoup de mortels,
Toy qui deuoit songer seulement aux Autels,
Veux tu pas que le Ciel te pardonne ces crimes,
Qui sont si bien peuplez de sanglantes victimes,
Que tu as fait mourir en cent mille façons,
Les vns par vn poignard les autres par poisons,
Les vns dessus la mer les autres sur la terre,

Les

Les vns en plaine paix, les autres en la guerre,
Bref les vns sont passez par les mains des boureaux,
Les autres ont rendu leurs ames dans les eaux,
Tout ce que ie te dis n'est que trop veritable,
Cardinal tu le sçais & tu en est comptable,

SCENE. IIII.

La Royne Mere & le Cardinal.

La Royne Mere.

Horreur de mes regards, auorton des Enfers,
Qui t'amene en ce lieu que n'est tu dans les fers,

Le Cardinal.

Ie vous crie mercy si ie vous ay faschee,
Ie suis fort repentant de ma vie passée.

La Reyne Mere.

En est-ce la saison indigne Cardinal,
Tu veux faire du bien ne pouuant plus de mal,
Encore ne croy-ie pas que tu en veille faire,
Monstre, Tigre, Inhumain, Leopard sanguinaire:
Auide des thresors, ambitieux d'honneur
Remply de vanité sans courage & sans cœur,
Moy qui auois esté cause de ta fortune,
T'ayant fait grand Seigneur, ie t'estois importune,
T'ayant par ma bonté fait puissant à la Cour,
Traistre tu as payé d'vn exil mon amour,
Te faisant des premiers en bien & en puissance,
Ie n'en esperois pas aucune recompence,
Estant dans vn estat bien loing d'en recepuoir,
I'en presentois à ceux, qui faisoient leur deuoir,
Mais ie l'aduoüé aussi ie n'auois pas la crainte,
De te faire iamais vne si iuste plainte,
Entre plusieurs Seigneurs de grande qualité
Dont chacun aspiroit à cette dignité,
De Gouuerner mon fils Maistre d'vn grand Empire,
Pensant choisir le mieux ie fus prendre le pire,
Tu as iouy cruel de beaucoup de Tresors,

Pendant

Pendant que sans cesser, ie souffrois mille maux,
Pour tauoir fait heureux tu m'as fait mal heureuse,
Helas que l'amitié souuent est dangereuse
Pour des gens comme toy qui donnent des tourments
A ceux qui ont causé, tous leurs contentemens.

Le Cardinal.

Madame ie voullois par cette penitence,
Vous faire auoir le Ciel, tres digne recompence,
De tant de biens iadis que i'ay receu de vous,

La Royne Mere.

Traitre, ingrat, inhumain, obiect de mon couroux,
Pense-tu me tromper encore par des paroles,
Il ne faut pas icy desployer tes bricolles,
Nous y sommes plus fins que tu n'y fus iamais,
Et croy que nous sçaurons tout au vray desormais.

ACTE SECOND.

SCENE. 1.

Monsieur le Grand, Monsieur de Thou, & le Cardinal.

Monsieur le Grand.

Vien-tu iusques au Ciel, exercer ta vengeance,
Et nous croy tu soubmis encore à ta puissance,
Pense-tu nous pouuoir icy persecuter,
Apres nous auoir fait a tort decapiter,
Tu n'est pas satisfait de si cruelles peynes,
Ayant fait escouller tout le sang de nos veynes,
Tu nous y cherche encore afin de nous punir?
Tu ne le peux pourtant, il faut t'en abstenir,
Si tu en as toy mesme il faudra le respandre,
Tous les Diables en bref te le feront entendre,
Sauue-toy mulheureux (mais que dis-ie sauuer)
En quel lieu que tu sois ils te pourront trouuer,
Et te faire sentir la rigoureuse flame

Il n'y a que deux lieux ou puisse aller nostre ame,
Dans les Cieux pour sa gloire , entre les immortels,
Dans l Enfer pour les flammes auec les criminels,
Toy qui a consacré des victimes humaines,
Toy qui as si souuent fait iaillir des Fontaines,
Des corps de tant de gens, que tu as fait mourir,
Ce seroit estre fol

Le Cardinal.

Veillez-moy secourir
Vous qui auez iouy d'vne grande puissance,
Laissez moy retirer sans songer à l'offence,
Que i'ay par vn malheur exercé contre vous,
N'auois-ie pas subiect d'animer mon courroux
Ie vous auois aimé presque autant que moy mesme,
Et nonobstant cela par vn fin stratagesme,
Vous vouliez me priuer de l'amitié du Roy,
Bien loing de m'assister me faussant vostre foy,

Monsieur de Thou, & le Cardinal.

Vous l'accusez a tort Monsieur, d'ingratitude ,
Il voulloit vous mener à la beatitude ,
Et vouloit subuenir à la calamité,
Que nous faisoit souffrir vostre meschanceté ,
Car vous voullant priuer de l'amitié du Prince,
Et vons faire tenir dedans quelque Prouince ;
Il croyoit que le Ciel qui touiours nous attend,
Et qui se plaist de voir nostre cœur repentant,
Deplorer ses pechez & detester son vice,
Vous feroit recognoistre en fin vostre malice,
Et vous feroit choisir le chemin des vertus ;
Il voulloit soulager les peuples abbatus,
Et greuez si long temps du tracas de la Guerre,
Qui par vostre malice est par toute la terre ?
Bien ie veux aduouer qu'il aye eu grand tort,
Vous l auez aussi fait condamner à la mort ;
Inhumain vous n'auez iamais donné de grace,
Et vous en esperez, il n'y a point de place ;
Iay pour les vengeurs & pour ses propres affronts,

Nous

Nous voullons nous venger des tors que nous souffrons
Et prions cependant que Dieu nous le pardonne,
Allez dans les enfers le Ciel vous abandonne.

Le Cardinal.

Hé Monsieurs, donnez moy quelque petit secours.

Monsieur le Grand.

Il faudra malheureux que tu souffre tousiours,
Pour auoir quelque temps esclatté sur la terre,
Ou tu as allumé le flambeau de la guerre,
Si tu bayssois tant la paix & le repos,
Mal-heureux n'eust il pas esté plus apropos,
De combatre les Turcs, & les autres barbares,
Les chasser de leur trosnes & rauir leurs theares,
Que par tes faux Conseils faire marcher le Roy,
Contre les Potentats qui sont de mesme foy:
Tu eusse mis au Ciel quantité de beaux astres ?
Leur faisant par ta loy, suiure tous tes oracles,
Tu eusse fait des Saincts, tu as fait des Demons.

Le Cardinal.

N'ay-ie pas assez fait, par armes & par Sermons,
Contre les Heretiques, n'a on pas pris leurs villes,
Par mes sages aduis

Monsieur le Grand,

Dieu que tu es habille.
Pense tu nous tromper encore par tes discours,
Ie sçay bien que l'on a, combatu quelques iours,
Contre les Huguenots, qu'on a pris la Rochelle,
S'estoit pour puis apres, Conseiller infidelle,
Mieux combattre le reste, il estoit apropos,
Puis que tu desirois troubler nostre repos,
De faire vne action qui fut considerable.

Le Cardinal,

Helas ! que fera donc mon miserable?
Tu es chassé de tous, pauure de Richelieu,
Tu ne sçauyois trouuer au Ciel vn petit lieu?

Toy qui poſſedoit tant de maiſons ſur la terre
Tu te vois maintenant auſſi foible qu'vn verre,
Sy au lieu d'eſleuer tant de beaux baſtiments ,
Pour des biens paſſagers, cauſe des chaſtiments,
Dont apres le trepas , tu te vois afligée,
Mon ame, à la vertu tu te fuſſe engagée,
Et tu ne tiendrois pas le chemin des Enfers ,
Où on te va charger de chaiſne & de fers,
Pourſuiuons hardiment i'en ay bien pris la voye ,
Suiuant ſes faux plaiſirs qui donnent courte ioye.

SCENE. II.

La deſcente du Cardinal aux Enfers.

L'Eſleu Charon, Nautonnier. & le Cardinal.
Charon qui eſt touſiours nauigeant ſur cette eau ,
Pour paſſer les eſprits dans ton petit baſteau,
Maine dans les enfers cette ame malheureuſe.
Charon.
Qu'il eſt bien employé de la voir langoureuſe,
Ayant touſiours voulu regner chez les mortels,
Au lieu de reuerer les ſainſts & les Autels.
Le Cardinal.
Paſſe-moy ſeulement ce n'eſt pas ton affaire,
De reprendre en ce lieu ce qui i'ay voulu faire,
Ie ſçay ce que i'ay fait.
Charon.
        Ou tu le dois ſçauoir,
Le Cardinal.
Mayne moy chez Pluton puis que c'eſt ton deuoir
Il ſçait ce que i'ay fait ma reſcompenſe eſt preſte,
Charon.
Tu as auiourd'huy fait vne belle conqueſte,
Au lieu de vers lauriers tu recherche des fers ,
Au lieu d'aller au Ciel tu deſcends aux enfers,

Le Cardinal.

Il est temps de prescher, cela m'est fort vtile.

Charon.

Ie sçay que s'est semer dans vn champ infertile,
Mais c'est pour commencer à te persecuter,
Ayant dedans le monde aymé mieux escouter
Des discours amoureux comme des Commedies,
Ou bien prester l'oreille à quelque perfidie,
Que d'aller en vn mois entendre deux sermons,
Puis qu'ainsi tu le veux ie te liure aux demons,
Qui te gouuerneront comme tu le merite,
Nous verrons si chez eux tu feras l'hypocrite,

Le Cardinal.

Il faudra marcher droit onmy cognoist trop bien

Charon.

On t'y cognoist de vray, mais non pas pour ton bien.

Le Cardinal.

Ie sens fondre sur moy la barque passagere.

Charon.

Pour vn si grand esprit elle est vn peu legere.

S C E N E. I I I.

Pluton & le Cardinal.

Pluton.

O! te voyla mon fils? viens-tu pas heriter
Des biens que ie t'ay fait au monde meriter,
Veux tu pas partager mon Sceptre & ma Courronne:
Tu les merite bien, faut que ie te les donne :
Qu'on luy donne vne chaire aupres de Cornuel,
Ayant eü dans le monde vne amour mutuel?
Ils serons fort contents d'estre logez ensemble:
Le veux-tu Cardinal, dis-moy ce qui t'en semble.

Le Cardinal.

Ie suis vostre suiet, vous pouuez commander.

ACTE TROISIESME.

SCENE. I.

Cornuel & le Cardinal.

Cornuel.

Que viens-tu Cardinal icy me demander,
Retire-toy cruel, vilain, abominable,
Ie na te puis souffrir,

Le Cardinal.

N'est-il pas raisonnable,
Qu'ayant eu dans le monde vne ferme amitié,
Nous partagions tous deux le lieu par la moitié.

Cornuel.

Ie suis assé persse sans m'estressir encore:
Tu m'as aymè dis-tu, c'est ce que ie déplore,
D'vn amour violent & ferme ce dit tu,
L'on trouue Cardinal dans la seule vertu,
Vne amitié bien noble vn amour veritable,
Le tien bien loing de mestre & bon & profitable.
Ma reduit à souffrir des tourments rigoüreux
Qui, pour l'eternité me rendent malheureux:
Ie ne suis pas faché de sçauoir que ton ame,
Est aussi condamnee à souffrir dans la flame,
Mais i'enrage de voir tant de maux m'acabler,
Et les sentir sans cesse accroistre & redoubler,
Cherche ton Confesseur ce bon porte bezace,
Qui fait à mon adais vne laide grimace

SCENE. II.

Le Cardinal & le pere Ioseph.

Le Cardinal.

Bon-iour Pere Ioseph,

Le pere Ioseph.

Nous n'en auons iamais,
Mal-heureux Cardinal, peux-tu bien deſormais
Faire en ſorte que i'aye vne bonne iournee :
Toy ſeul qui a cauſe ma ſeule deſtinee,
Et qui me fait auoir vne eternelle nuict,
Qui iamais ne me quitte, & qui touſiours me ſuit,
Il falloit adiouſter, bon-iour par excellence :
Comme ſi deſormais ta chetiue Eminençe
Pouuoit nous preſenter quelque choſe de bon,
Sens vn peu la chaleur de ce petit charbon,
Pour voir ſi nous auons quelque minute heureuſe,
Endurant ſans ceſſer la flame rigoureuſe :
Va paſſe plus auant & cherche vn autre lieu,
L'on te doit le meilleur,

Le Cardinal.

Ie te dis donc adieu.

Le pere Ioseph.

Parle icy que dis-tu, cauſe de ma miſere,
Tu te mocque de moy, va, tu n'en riras guerre,
Si tu en as ſuiet, tu me trompe bien fort,
Tous tes biens Cardinal ſon finis par la mort,
Tu ſentiras bien-toſt le tourment qui m'accable,
Tu me viens dire adieu lors que ie ſuis au diable,
Pour t'auoir aſſiſtè dans tes meſchancetez,
Et pour t'auoir louè dans tes iniquitez,
I'ay ſçeu tous tes pechez, i'ay ſupporté ton vice,
Ce qui fait qu'aux enfers i'admire la Iuſtice
Du Monarque des Roy, qui regne dans les Cieux,
Pour auoir abbaiſſè ton vol audacieux,
Ne ris point de nos maux deſormais prens y garde.

D   Scene

SCENE. III.

Le Cardinal & le premier Preſident.

Le Cardinal.

Dieu te gard Preſident,

Le premier Preſident.

Mais le diable te garde,
Ie ſuis tres-bien gardé ie ne puis eſchapper,
Et ne vais pas ſi fort qu'on ne peuſt m'attraper:
Car ie ſuis enchaiſné par les pieds, par la teſte,
Et par le faux du corps tout ainſi qu'vne beſte.

Le Cardinal.

Qui t'a ſi bien lié.

Le premier Preſident.

Miſerable c'eſt toy,

Le Cardinal.

Ie n'y ay pas ſongé, ie t'ayme trop,

Le premier Preſident.

Pour moy:
Ton amour a cauſé les tourments que i'endure,
T'a damnable amitié m'a mis à la torture,
Pour auoir corrompu ſuiuant ta volonté
La Iuſtice & le droiĉt, meſpriſé, l'eſquité
Oublié les deuoirs d'vn homme de ma ſorte,
Enuers le bien public, on m'a fermé la porte,
Et exile du Ciel pour venir aux enfers,
Me voir chargé de coups & ployé ſoubs les fers
Há que ſi l'on pouuoit reſſentant tant de peines,
Auoir quelque plaiſir, que le chant des Sereines,
Que la poſſeſſion de ces riches treſors,
Qui Corrompent l'eſprit ayant gaſté le corps,
Ne me cauſeroient pas vne ſi grande ioye,
Comme i'en receurois de te ſçauoir la proye,
Des flames qui touſiours nous font viure en mourant,

Le Cardinal.

Preſident ie m'en vais,

Le premier Preſident.

Pouſſe grand ignorant,
Et va voir icy prez l'Intendant des Finances,

SCENE IIII.

Le Cardinal & Monſieur de Bullion.

Le Cardinal.

Holà petit Bachus,

Monſieur de Bullion.

Cauſe de mes ſouffrances
Qui t'amaine en ce lieu, ta ſotte vanité,

Le Cardinal.

Fais moy place pour vne eternité.

Monſieur de Bullion.

Au diable ſoit le ſot, he qui te voudra plaire,
Ie ſçay ce qu'en vaut lauſne infame ſanguinaire,
Pour t'auoir aſſiſté lors qu'entre les Mortels,
Tu volois les honneurs qu'on doit aux Immortels,
Tu me vois en ce lieu tout accablé de chaiſnes,
Tu me vois malheureux dans les fers & les geſnes,
As tu veu pres d'icy le premier Preſident

Le Cardinal.

Ouy, ie viens de le voir braue ſur-intendant

monſieur de Bullion.

Que ne ta-t'il donné la moitié de ſa place,

Le Cardinal.

Il n'en auoit pas trop,

Monſieur de Bullion.

Le pere à la bezace.
Ceſt homme te deuoit faire la Charité,
Eſtant participant de ton iniquité,

Le Cardinal.

Ie ne viens pas icy pour aller à Confeſſe,

Monſieur

Monſieur de Bullion,
Il faudra neantmoins te Confeſſer ſans ceſſe,
Les Diables te feront deduire les raiſons,
Pourquoy tu detenois tant de monde es priſons,
Pourquoy tu enuoyois tant de monde au ſupplice,
Bref tu raconteras tous tes traits de malice,
Dont tu as trop vſé pour faire mettre a mort,
Tant de pauures Seigneurs le plus ſouuent à tort,
Le Cardinal.
Ie ſuis mal a cheual i'en auray bien à dire,
Monſieur de Bullion.
Tant plus tu ſouffriras de peine & de Martyre.

FIN.